RÉPONSE

D'UN CAMPAGNARD DU CANTON DE BOURG

A

un Carrier de la Gironde,

PAR

J. JAGOU,

Conseiller d'arrondissement.

BORDEAUX,

IMPRIMERIE DE DURAND, ALLÉES DE TOURNY, 7.

1849.

RÉPONSE

D'UN CAMPAGNARD DU CANTON DE BOURG

A

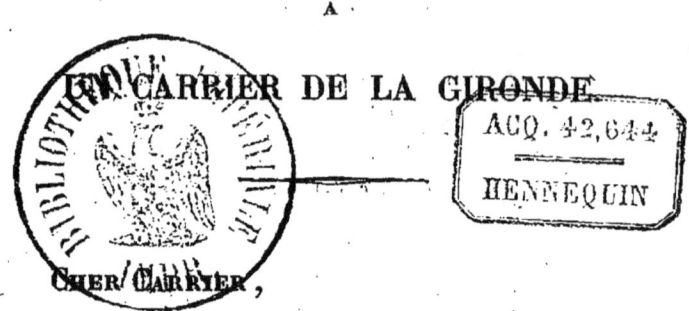

UN CARRIER DE LA GIRONDE

CHER CARRIER,

Permettez à un modeste campagnard de répondre, s'il le peut, à un petit opuscule sans date, que vous avez livré à la publicité.

Les doctrines subversives et les fausses idées que vous y exprimez ont été recueillies dans la *Réforme* et autres écrits *ejusdem farinœ*; aussi vos phrases tronquées n'ont-elles produit qu'un style embrouillé et diffu.

J'ai essayé de tirer de tout ce fatras quelque chose qu'on pût comprendre, je vous avoue que la besogne a été rude.

Excusez-moi donc, cher frère Carrier, si je laisse de côté les phrases plus ou moins sonores qui, çà et là, embellissent votre écrit. Je suis assez malheureux, assez grossier, si vous le voulez, pour n'aimer que le positif; c'est vous dire que vos tirades philantropiques ne m'ont touché que fort médiocrement.

Commençons, et tâchons de démontrer, en peu de mots, combien sont faux vos raisonnements et dangereuses leurs conséquences.

Vous dites :

« A quoi sert au peuple qui la paie, une révolution qui aug-
» mente ses dépenses et grossit son budget ? »

Est-ce bien au peuple que vous devez adresser une semblable question ? (une fois pour toutes, j'entends par peuple toute la nation). Le peuple l'a-t-il appelée de ses vœux, cette révolution ? Je crois être l'écho des dix-neuf-vingtièmes de la population de la France, en disant que personne ne la désirait. Je dis plus : De l'aveu des républicains les plus avancés, cette révolution est arrivée trop tôt. Qui donc en a hâté l'explosion? Vous le savez bien, cher frère Carrier, ce sont quelques intrigants ambitieux, hommes plus ou moins tarés et aux abois, qui avaient pour but l'envahissement du pouvoir et en perspective le pillage du trésor national. Hélas ! ils y ont puisé à pleines mains, et sous leur fatale direction, 190 millions qui s'y trouvaient, au 24 Février, ont été dévorés en peu de jours. C'est ainsi que, pour faire face aux besoins des services de l'Etat, ils ont frappé le pays du fameux impôt des 45 c.

A nous, dites-vous, à nous à formuler les révolutions pacifiques qui doivent être exigées impérieusement et à bref délai.

J'avoue que je ne comprends pas trop l'*exigeance impérieuse* et *à bref délai*, alliée au mot *pacifique* ; car, enfin, si ce délai est trop long, à votre idée, qu'en résultera-t-il? C'est à vous de fixer vos lecteurs.

Je vous laisse à votre revue rétrospective. Je trouve seulement, et en passant, que lorsqu'on traite des questions palpitantes d'actualité, il y a une certaine perfidie à aller, pour aigrir les esprits, fouiller dans les temps passés et y chercher des motifs de griefs qui sont loin de nous.

Continuons :

« La République est établie, la révolution commence ! A » l'œuvre donc, républicains démocratiques, qui voulez, pour » le peuple, sa liberté, son droit au travail. A l'œuvre, so- » cialistes ! »

Ouais ! c'est comme cela que vous y allez, cher frère Carrier. Ah! la révolution commence et vous voulez le droit au travail ! C'est, sans doute, *impérieusement* et *à bref délai*. Ma foi, je vous réponds que nous sortons d'en prendre; nous savons ce que nous a coûté le droit au travail, mis en action par l'installation des ateliers nationaux ; nous avons vu à l'œuvre cette armée du désordre, composée, en partie, de fainéants payés à 2 francs par jour pour ne rien faire.

Que dis-je? Cette armée n'était-elle pas en permanence, toute prête à venir en aide *aux exigences impérieuses* et *à bref délai* de vos amis les socialistes. Les journées de Juin, qui les a suscitées ? Le sang répandu, qui l'a versé ? Et ces horreurs, que je ne veux pas rappeler, qui les a commises ?

Plus loin, au sujet des contributions directes, vous dites :

« Me trompé-je sur l'édification d'un système nouveau qui » doit en remplacer les recettes dans le trésor d'un grand peu- » ple qui, etc. »

En vérité, estimable socialiste, je voudrais qu'on vous décernât une couronne civique, si vous parveniez jamais à réaliser cet âge d'or que vous nous annoncez et que nous attendrons long-temps. En effet, plus de recettes, plus de contribuables; et quant aux fonctionnaires rétribués, au moyen de votre merveilleux système, non seulement vous pourriez en congédier cent mille, mais même les réformer tous sans difficulté. Ah ! cher frère Carrier, vous êtes un grand financier, oublié dans les carrières de Tauriac.

Passons ici votre digression sur le moyen-âge.

Charles V régnait en France il y a près de cinq cents ans, et je trouve fort inutile, je dirai même fort oiseux, de rappeler ce qui se passait à cette époque là. C'est, sans doute, une leçon d'histoire que vous voulez donner à vos lecteurs ; car, comme eux, vous connaissez l'adage. Autres temps, autres mœurs. Quant aux prestations, vous n'ignorez pas que cette loi doit être modifiée; elle le serait déjà, sans les entraves que votre parti apporte chaque jour dans les améliorations que le pays attend du gouvernement qu'il a créé.

« Peuple, tu es malheureux ! peuple, tu souffres. »

Vous répétez bien des fois ces exclamations, frère Carrier ; si elles s'adressent à tous ceux faisant partie de la grande famille française, je n'y fais certes pas d'objection, car, en effet, nous avons tous indistinctement bien souffert, depuis bientôt quinze mois; mais si elles ne sont qu'à l'adresse de vos frères carriers, je proteste de toutes mes forces et trouve que vous avez grand tort de vous exprimer ainsi. Je dis plus : vous, moins que personne, vous devriez avoir ce droit.

Faut-il que je sois dans la nécessité de vous rappeler une époque, non encore éloignée, où vous proposiez à l'un des plus forts exploiteurs de carrières, une association dans le but d'écraser tous les petits marchands de la contrée, afin d'arriver au monopole du commerce de la pierre. Là concurrence écartée, que seraient devenus tous ces braves carriers qu'aujourd'hui vous appelez vos frères ? Quelles conditions ne leur auriez vous pas imposées ? Mais l'estimable homme auquel vous vous adressiez, vous répondit : « Mon cher Monsieur, il y a eu de » tout temps des petits marchands, il y en aura toujours, le » soleil luit pour tout le monde. » Avouez, cher frère Carrier, que ce digne exploiteur avait alors, comme aujourd'hui, des idées de fraternité bien plus vraies que les vôtres.

Vous rappellerai-je tous les plus petits coins de carrières que vous affermiez, pour en prévenir l'exploitation par d'autres; vos acquisitions à tout prix d'emplacements avoisinant le chemin de fer, afin d'en contrarier l'extension et de forcer ainsi les propriétaires à vous associer à son exploitation ? Parlerai-je de ces sorties de carrières que vous bouchiez, pour contraindre vos voisins à n'user que de la vôtre ? de ce chemin de fer que vous avez été obligé de démolir bientôt après l'avoir établi ? de tous ces procès perdus; enfin, de cette entreprise de cimetière, preuve incontestable de votre faiblesse en finances.

Dites-moi l'idée qui vous pousse à vous jeter à pleines voiles dans le parti qui, aujourd'hui, menace encore le pays, n'est-elle pas la conséquence de vos folles entreprises ?

Les Ledru-Rollin, les Raspail, les Barbès et les Blanqui sont les demi-dieux auxquels vous êtes prêt à sacrifier le repos et le bonheur de votre patrie. Ah ! cher frère Carrier, dans quelle voie funeste ne vous êtes-vous pas engagé !

Fort heureusement que le peuple, comme vous l'appelez,

a plus de bon sens que vous ne le pensez ; il sait faire bonne justice de ceux qui le flattent, le caressent pour mieux le tromper, et faire leurs affaires à ses dépens ; il voit le bout de l'oreille des ambitieux s'affublant des dehors de la philantropie ; mais il rit de leurs efforts et surtout de leurs frais d'éloquence.

Je vous entends d'ici jurer sur vos grands dieux, cher Carrier, que vous ne voulez rien et n'ambitionnez rien ; l'on m'a même assuré vous avoir entendu dire que vous refuseriez une place de préfet, si on vous l'offrait. Une place de préfet ! hum ! c'est bien difficile à croire ; car, entre nous, je suis persuadé que vous vous jugez digne d'un poste de cette importance ; mais je veux être franc jusqu'au bout, *je ne crois pas à votre désintéressement*.

Ceci me rappelle tout naturellement qu'il y a un an, à l'époque où nous sommes, lorsqu'il s'agissait de nos premières élections, un honorable citoyen, avocat au barreau de Blaye, était venu à Bourg pour soutenir la candidature de M. Gornec, nous disait en plein comité, c'était à la salle Thévenot :

« *Chers concitoyens, etc., c'est pour le bonheur, etc., que*
» *puis-je désirer, moi, rien, absolument rien.*

» *J'ai de la fortune, je n'ambitionne qu'une chose, c'est de*
» *me retirer du barreau et d'aller vivre dans mes propriétés.* »

Avouez, Carrier, mon frère, que nous pouvions bien alors ajouter foi aux paroles de cet estimable avocat, car sa fortune était un fait connu. Eh bien ! quinze jours après, un mois au plus, il était nommé juge-de-paix à Blaye. En voilà-t-il du désintéressement ! Hein ! le vôtre ne serait-il pas un peu de cet aloi ? Qu'en dites-vous, cher Carrier ?

Lorsque vous voudrez être cru, ne vous bornez pas à signaler le mal, indiquez les remèdes ; mais non pas ceux que vous prônez avec tant d'enthousiasme, et dont le résultat serait la désorganisation générale de la société.

Permettez-moi de vous comparer à ce maçon maladroit qui, pour réparer quelques défectuosités dans un édifice, commencerait par le renverser sans avoir même les plus légères notions pour le reconstruire. Il n'en manque pas de réformateurs, tous ont le même langage ; mais on se lasse bientôt de les écouter, et l'on s'aperçoit bien vîte du danger qu'il y aurait à les aider dans la mise à exécution de leurs rêves creux et de leurs systèmes désorganisateurs.

Suivons :

Tous les hommes sensés qui ont confiance dans un meilleur avenir pensent que l'armée pourra être réduite ; mais encore faut-il, pour cela, que la paix soit aussi solide à l'extérieur du pays que l'ordre à l'intérieur ! L'armée réduite à deux cent mille hommes, bien des bras pourraient revenir à l'agriculture; mais le moment est-il venu d'opérer brusquement cette réduction? C'est une question que je laisse à résoudre à des hommes plus compétents que vous et moi.

Arrivons à la question des douanes.

Où avez-vous jamais vu, cher frère Carrier, que la douane « traitât le citoyen comme un scélérat dangereux, etc.; qu'elle » ait jamais mis obstacle aux transports de nos vins ; qu'elle » voulût encourager une culture au détriment d'une autre ? »

Où avez-vous découvert tous les méfaits dont vous l'accusez?

Je ne veux pas m'arrêter devant le magnifique tableau de vos cent mille navires et de vos cinq cent mille marins prêts à monter à l'abordage le sabre au poing, le poignard dans les dents. Je l'avoue, moi pauvre hère, je frissonne à l'idée d'un pareil carnage.

Revenons à la douane, je vous prie.

Si je ne me trompe pas, les douanes constituent une institution ayant pour but de mettre les produits d'un pays à l'abri de la concurrence étrangère, de favoriser son agriculture, de défendre ses manufactures et ses fabriques, en empêchant, par des droits protecteurs, l'arrivée sur le marché national de produits confectionnés au-dehors ; elles sont aussi l'auxiliaire de plusieurs branches d'administration, telles que la police des grains, la police sanitaire, celle de la librairie, etc. Ce service assure aussi les mesures relatives à l'encouragement de la pêche nationale.

Vous trouvez que ces droits protecteurs à nos diverses industries sont une prime donnée à ceux qui les exercent au détriment des consommateurs qui en paient les produits plus chers ; qu'enfin, la protection élève le prix des choses alimentaires, parce que la concurrence est écartée des marchés.

Supposons donc un instant que nos lignes de douanes soient détruites.

Aussitôt, la plupart de nos industries ne pourront plus supporter la concurrence étrangère ; nos manufactures de coton, de tapis, nos fabriques de coutellerie, se fermeront ; nous verrons nos mines abandonnées, nos hauts fourneaux s'éteindre; les capitaux engagés dans ces diverses industries seront, en partie, perdus pour le pays; les industriels ruinés renverront leurs ouvriers, sans leur tenir compte de la perte de leur temps et de l'argent qu'ils ont dépensé pour apprendre leur état. Cependant les connaissances pratiques de l'ouvrier constituent pour lui, pour le pays même, un capital qui se trouve anéanti. Ces travailleurs seront donc forcés, soit de faire un nouvel apprentissage, car on ne devient pas tout-à-coup cultivateur ou vigneron, soit de se livrer à un travail manuel qui ne leur procurera qu'un gain insuffisant.

Supposons donc que certaine branche d'industrie puisse soutenir momentanément la concurrence du dehors; il pourra arriver que ces mêmes branches d'industrie viennent plus tard à se développer dans d'autres pays et à acquérir un degré de perfection supérieur ; dès-lors, une crise commerciale ruinera cette industrie, cette instabilité du commerce engendrera de nouvelles pertes pour le commerçant, de nouvelles souffrances pour l'ouvrier.

Résumons-nous et soyons d'accord pour dire que l'humanité prépare ses réformes par de longues souffrances ; que la maturité de ces réformes n'arrive qu'avec le temps. Supprimer aujourd'hui tous les droits de douane, ce serait exposer le commerce et l'industrie à une perturbation dont on ne saurait apprécier l'importance.

Supposer que le libre échange établi, les industries natio-

nales se soutiennent en face de celles des autres peuples, c'est
admettre que le génie et l'oisiveté de chaque nation sont les mêmes, c'est ce que les faits démentent.

La liaison de l'agriculture et de l'industrie est trop étroite
pour que tout ce qui affectera le commerce n'exerce, en même
temps, une notable influence sur l'agriculture ; or, la culture
de la terre n'étant susceptible que de progrès lents et difficiles,
dépendant, d'ailleurs, des influences atmosphériques, ses produits seront moins aptes encore à soutenir la concurrence de
l'étranger dont l'effet sera de faire abandonner la culture des
mauvaises terres, de celles d'un faible rapport, et d'augmenter
d'autant l'encombrement industriel.

Ces idées, cher frère Carrier, ne sont pas de moi ; je les ai
puisées dans des traités sur la matière ; c'est en toute humilité
que je le confesse.

Où en sommes-nous ? A l'administration de l'enregistrement
qui, dites-vous, « attache à la propriété sa lèpre honteuse,
» immobilise l'air et la vapeur, etc. »

Comme, et en ce qui concerne toutes ces questions, je ne
suis pas à votre hauteur, cher frère Carrier, vous me permet-
trez encore d'avoir recours à mes livres, où je trouve que le
droit d'enregistrement qui a remplacé l'ancien contrôle, a été
établi sous la première république, par la loi du 19 Décembre
1790.

Cet impôt, qui ne satisfait pas toujours ceux qui le paient,
peut être considéré comme juste et raisonnable, puisqu'il a pour
but de pourvoir aux dépenses publiques. Les auteurs les plus
judicieux et les plus expérimentés en finances qui ont écrit sur
l'assiette des contributions, ont démontré sans peine que l'établissement des impôts est préférable aux emprunts dont l'effet
inévitable est d'augmenter la dette, et qu'il est du devoir de
chaque citoyen d'acquitter le tribut qui lui est imposé.

M. de Monthyon, dans son ouvrage sur l'influence des impôts, publié en 1808, observe que les contributions sont des
charges indispensablement inhérentes à l'état social ; que s'il en
résulte une distraction d'une portion de la propriété privée,

pour la transmettre à la propriété publique, le sacrifice de cette portion paie la garantie de la totalité.

Dans un ouvrage plus ancien, M. Moreau de Braumont a dit : « Chaque individu est tenu de contribuer à la cause commune et nationale , par ses travaux , par ses talents et dans la proportion de ses facultés. »

C'est ce concours de zèle , c'est cette réunion d'efforts qui font respecter une nation au-dehors , entretiennent dans l'intérieur l'ordre , l'harmonie et la paix dans les différentes conditions où chaque particulier se trouve placé , maintiennent les droits de la propriété et assurent l'exécution des lois.

Il a été reconnu., enfin , que dans la nécessité de multiplier les ressources de l'Etat , les impôts indirects sur les contrats et transactions de la vie civile, avaient été sagement imaginés , parce que ces actes sont des opérations éparses dans la vie et qui , tenant presque toujours à des événements rares et intéressants , rendent moins sensible le paiement du droit qui les accompagne.

Dans l'état actuel des choses, cher frère Carrier , il y a loin de ce droit à cet impôt progressif dont vos co-religionnaires en socialisme voulaient nous gratifier.

Convenez-en !

Quant à l'impôt sur les boissons , pour répondre à ce que vous dites , je vous engage à trouver un moyen pour la perception d'un droit proportionnel à leur valeur ; mais comme toutes les administrations qui se sont succédé depuis l'établissement de cet impôt ont tenté vainement d'atteindre ce résultat, permettez-moi de douter de vos lumières jusqu'à ce que vous ayez trouvé ce problème.

Je ne puis cependant vous laisser ignorer combien j'ai été émerveillé de la perspicacité dont vous faites preuve , en nous apprenant que la bière a pour résultat l'alourdissement de l'esprit du peuple, par une boisson pesante qui le rend facile à gouverner , etc. En vérité, cher frère Carrier , vous êtes un profond penseur ; il n'y a que vous ou Raspail pour avoir de ces idées-là.

Et puis ce peuple , auquel vous faites dire , en passant sur des boulevards brillants, etc.

« C'est moi qui paie cela , ô riche oisif et fainéant , etc. »

Ce pauvre peuple ! car il paraît que, suivant vous , le riche ne fait pas partie du peuple ; le riche , c'est le bouc d'Israël. Ce pauvre peuple qui paie tout ! Ces riches qui conséquemment ne paient rien! Vive Dieu ! cher frère Carrier , vos paroles sont bien conciliantes ; c'est de la fraternité , ou je ne m'y connais pas , à la façon de Barbari , mon ami.

« Ce pauvre peuple encore que vous avez vu dans la pipe du » vieux grognard , son père , fumer du vrai tabac. »

Et cette justice qui lui coûte vingt-cinq millions , tandis que trois prud'hommes dans chaque canton videraient , sans frais , toutes ses querelles.

Qui donc se douterait, en vous lisant, cher frère Carrier , que cette justice à laquelle vous donnez un si rude coup de pied , soit dit sans allusion aucune, est une des plus belles institutions du monde ; une institution que toute l'Europe envie ! il faut qu'elle vous ait bien maltraité , pour en parler ainsi.

Expliquez-moi, je vous prie , ce que c'est qu'une « noblesse » qui rit de ses titres elle-même , hors de sa barbe. »

Expliquez-moi comment vous , partisan enthousiaste de la liberté , vous arrivez à demander la prohibition du sucre de la betterave ; expliquez-moi , si vous le pouvez (mais que ne pouvez-vous pas ?), expliquez-moi , dis-je , votre budget; car si je ne me trompe, cette partie de votre opuscule n'est pas la moins curieuse.

Vous admettez, d'abord, sans aucune diminution , le chiffre des contributions directes pour............ 420,000,000 fr.

Les autres parties de votre budget s'élèvent à 855,000,000 fr.

D'où vous déduisez , en économies, sur les frais de service , armée , etc., etc., 525,000,000 fr.

Il reste donc à porter en recette......... 330,000,000

TOTAL de votre budget..... 750,000,000 fr.

L'on doit conclure nécessairement de ces chiffres que vous avez trouvé le moyen d'assurer tous les services de l'Etat, avec ces 750 millions. Bravo ! c'est au mieux ; mais alors pourquoi venez-vous immédiatement après nous parler d'un « impôt sur » le revenu, dans lequel seraient fondues les contributions » foncière, personnelle et mobilière, les portes et fenêtres et » les patentes ? impôt qui pourrait produire aisément un mil- » liard, ce qui permettrait, etc. »

Il résulterait de cela qu'en déduisant de votre milliard, si vous ne voulez pas faire un double emploi, le chiffre de 420 millions, que vous assignez aux contributions directes, il résulterait, dis-je, pour les pauvres contribuables un nouvel impôt de 580 millions.

Excusez du peu, cher frère Carrier ; que de bénédictions vous vous préparez pour une aussi heureuse conception.

Je renonce à vous suivre dans la voie pleine d'erreurs que vous parcourez avec tant d'aplomb.

Je termine en m'adressant aux hommes raisonnables et de bonne foi, à ces bons habitants de la campagne, auxquels vous prêchez inutilement le trouble et le désordre. Je leur dis : De votre choix, dans les élections prochaines, va dépendre l'avenir du pays ; unissons-nous donc pour envoyer à l'Assemblée législative des hommes à consciences pures, honnêtes et indépendants, animés de la ferme résolution de défendre l'ordre social ; des hommes capables d'apprécier l'importance d'une sage révision des impôts, et de comprendre combien il faut apporter de prudence dans les modifications de nos lois de douane, afin d'arriver, sans secousse, à cette plus grande liberté commerciale, objet de tous nos vœux.

L'élection du 10 Décembre a manifesté votre opinion ; elle a sauvé le pays ; il faut aujourd'hui compléter votre ouvrage, en élisant une législature qui seconde l'action de Louis Napoléon. Vous ne faillirez pas à ce noble devoir ; vous donnerez ainsi au Gouvernement la force nécessaire pour assurer le repos de la patrie et sa prospérité.

J'allais vous dire adieu, cher frère Carrier, et vous souhaiter des idées plus claires et un esprit plus lucide, lorsqu'une nouvelle circulaire, non pas de votre crû, mais de votre fabrique, me tombe sous la main. Pour le coup, votre sphère s'est agrandie ; ce n'est plus seulement à vos chers frères carriers auxquels vous vouliez jadis que le *chap* servît de farine, que vous vous adressez ; c'est aux paysans, c'est à ces braves paysans qui vous connaissent, heureusement, et qui, le 10 Décembre, vous ont donné un démenti solennel et auprès desquels vos tentatives ont toujours échoué.

A votre style on devine vos projets.

Que d'artifices et de mensonges n'employez-vous pas pour étayer toutes vos calomnies !

Votre ambition se dévoile à tous les yeux.

Réduit à votre plus simple expression, vous vous nourrissez de folles espérances ; vous suscitez toutes les passions, espérant vous sauver dans le désordre.

Ce ne sont pas vos frères carriers, ni les paysans à la veste de bure, ni les ouvriers aux mains calleuses, qui sont l'objet de vos méditations philantropiques ; vous leur avez donné, aux uns comme aux autres, trop de preuves de l'intérêt que vous portiez à leurs misères, de vos vertus compatissantes et soins, que vous preniez de l'humanité, pour qu'ils soient disposés à vous croire sur parole.

Du fond de vos carrières, vous voulez traiter des finances de l'Etat, et vous n'avez jamais su diriger vos propres affaires. Quel orgueil !

Vous voulez réformer la justice qui vous a si souvent donné des preuves de son impartialité ; cette justice qui protégea encore votre personne et vos écrits, et sous l'égide de laquelle vous calomniez impunément l'autorité, les défenseurs de l'ordre et le Gouvernement.

Rien ne vous arrête ; nouveau Tancrède, vous affrontez tous les périls ; mais votre audace est vaine et vos efforts sont inutiles. Il faut mourir !

Socialistes ambitieux, inclinez-vous pour la troisième fois devant le suffrage universel ; cessez de vouloir l'égarer par vos déclamations furibondes, votre colère est impuissante. Respectez ce peuple que vous encensez et qui prend en pitié votre folie ! Les élections s'approchent, et bientôt cette belle France que vous voudriez incendier par vos funestes doctrines, va se lever comme un seul homme, pour condamner vos maximes insensées et vos plans destructeurs.